U0006367

獻給里昂 · 維赫特

孩子們，請原諒我把這本書獻給一個大人。我有個很重要的理由：這個大人是我在世界上最好的朋友。還有一個理由是：這個大人什麼都懂，就算是寫給孩子看的書他也懂。第三個理由是：這個大人住在法國，他正飢寒交迫，非常需要安慰。如果以上理由還是不能說服大家，那我就把這本書獻給這個大人的童年。每一個大人都曾經是個小孩。（可惜，記得這件事的大人實在不多。）所以，我把獻詞改為：

獻給小男孩時代的里昂 · 維赫特

小王子

Le Petit Prince

安東尼 ‧ 聖修伯里（Antoine de Saint-Exupéry）　著
墨丸　譯

1
....

在我六歲的時候，從《真實歷險》這本描繪原始
森林的書裡，看過一幅精彩的插圖，有條蟒蛇正準備
吞食一隻巨大的野獸。底下就是那張圖的副本。

書裡面寫著：「蟒蛇一口都不嚼直接把獵物囫圇吞進腹中，接下來就無法動彈。牠們會在長達六個月的睡眠中慢慢消化獵物。」

　　我對叢林冒險抱有各式各樣的幻想，所以我拿起彩色鉛筆畫了生平第一幅圖。我的第一號作品，看起來像這樣：

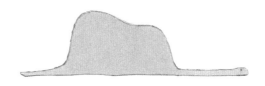

　　我把這幅傑作拿給大人看，問他們會不會覺得很可怕。

　　但是他們卻回答：「一頂帽子有什麼好怕的？」

　　這才不是帽子，是一條巨蟒正在消化肚子裡的大象。然後我把巨蟒肚子裡的樣子畫出來，讓大人看得更清楚。這些大人，總是要把東西明明白白解釋給他們聽才行。我的第二號作品長得像這樣：

這次，大人勸我別再畫這些吃飽喝足的蟒蛇，肚子裡的東西有沒有畫出來根本無所謂；我應該把精神放在地理、歷史、數學、文法這些科目上。就這樣，我在六歲那年放棄了畫家這個美好的職業。我的第一號和第二號作品接連失敗，也讓我十分沮喪。大人從來不願意自己花精神去了解，總是要小孩解釋給他們聽，真是累人。

後來我選擇另一種職業，我學會開飛機，幾乎飛遍世界各個角落。地理知識發揮了很大的作用。我一眼就能辨別中國和亞利桑那有何不同。如果在黑夜中迷失方向，地理真的相當實用。

也因為四處飛行的生活，我遇過很多嚴肅認真的人。我跟大人一起生活過很長的時間，仔細觀察過他

們，但是我對他們的看法卻依然沒有多大改變。

　　每當我遇到一個看起來腦筋清楚的大人，就會拿出小心保存的第一號作品來試試他。我想知道他能否看懂這幅畫。不過，他們的回答總是：

　　「這是帽子。」

　　所以我也不會和他談巨蟒、叢林，或是星星之類的話題。我會降低自己的水準，跟他們聊聊橋牌、高爾夫球，或是政治、領帶這些東西。最後，這個大人會非常高興能認識像我這樣講理的人。

2

我就這樣獨自生活，身邊連個能說真心話的人都沒有，直到六年前在撒哈拉沙漠裡飛機失事。飛機引擎裡有個東西壞了。當時機上沒帶維修員也沒帶旅客，我只能試著一個人完成困難重重的修理工作。對我來說這事關生死。我身上的水只剩下一星期的份。

第一天晚上，我在距離人煙千里的大沙漠上入睡，比汪洋中趴在竹筏上的遇難者還要孤獨得多。因此第二天清晨，我被一個怪異細小的聲音喚醒的時候，你可以想像我有多麼驚訝。小小的聲音說：

「請你……畫一隻羊給我。」

這是後來我畫他畫得最好的一幅肖像畫。

「啊！」

「畫一隻羊給我……」

我像是被雷擊中似的，整個人跳了起來。我用力揉揉眼睛，仔細地四下觀望。我看見一個非比尋常的小人兒，他正認真地盯著我瞧。這是後來我畫他畫得最好的一幅肖像畫，當然比起模特兒本人，這幅圖是遜色太多了。這不能怪我。那些大人的反應，讓我在六歲的時候就放棄了畫家這條路，除了畫過一條吃飽喝足的蟒蛇和一條看得見肚子裡裝什麼的蟒蛇，我再沒動過筆。

我瞪大眼睛訝異地看著這突然現身的小人兒。別忘了，我當時在和人間相隔千里的沙漠裡。這個小人兒不像是迷路，看上去也沒有一點飢渴疲憊，或是害怕的模樣。他絲毫不像是在距離人煙千里之外的大沙漠中跟誰走丟了。我終於擺脫驚訝，能夠開口說話的時候，對他說了一句：

「你在這裡幹什麼？」

他卻彷彿有什麼重要的事一般，緩緩地再說了一次：

「請你……畫一隻羊給我……」

當神祕的力量太過強大的時候，沒有人能夠拒絕臣服於它。杳無人煙的沙漠上，我正面臨死亡的危機，卻還是拿出了一張紙和一枝筆，無論這個舉動有多麼荒誕不經。突然間我想起自己這輩子最專精的是地理、歷史、數學和文法，就有點生氣地對小人兒說我不會畫畫。他回答：

「沒關係，畫一隻羊給我吧！」

我從沒畫過羊，所以就在我生平唯二會畫的兩張圖當中，選了吃飽喝足的蟒蛇畫給他。沒想到，這小人兒的回答讓我瞠目結舌。

「不、不！我不要肚子裡有一頭大象的蟒蛇。蟒蛇太危險，大象又太占空間。我住的地方很小，我想要一隻羊。畫一隻羊給我吧。」

於是，我畫了一隻羊給他。

他專心看著羊，然後說：

「不！這是一隻生了重病的羊。再畫一隻給我。」

我又動了筆。

這次我的朋友微微一笑，有些不置可否：「看你畫的，這不是綿羊，而是隻公羊，牠頭上還長著角呢。」

然後我再畫了一隻羊。

跟前幾隻一樣，他還是不要。

「這隻羊太老了。我想要一隻長壽的羊。」

他耗盡了我的耐心，我急著修理引擎，就草草畫了一張圖。

而且隨便解釋說：

「這是個箱子，你要的羊就在裡面。」

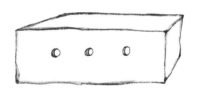

沒想到這位年輕的小評審卻意外地笑逐顏開。他說：

「這就是我要的⋯⋯你覺得這隻羊會需要很多草嗎？」

「為什麼？」

「因為我住的地方很小很小⋯⋯」

「一定夠！我畫的是一隻很小很小的羊。」

他把臉湊到畫前面。

「也沒那麼小⋯⋯看！牠睡著了⋯⋯」

就這樣，我認識了小王子。

3

　　過了好久，我才搞清楚他來自哪裡。小王子向我頻頻發問，但他對於我的種種疑問，卻好像根本沒聽見似的。我是慢慢從我們交談的隻字片語中，一點一點拼湊出小王子的一切。

　　比如說，他第一次看到我的飛機時（我就不把飛機畫出來了，這對我來說實在太複雜），他問道：

　　「這是什麼東西？」

　　「這不是『東西』，它會飛。這是飛機，我的飛機。」

　　我十分驕傲地告訴小王子我會飛。

他大聲喊道：

「什麼？你是從天上掉下來的？」

「是的。」我謙虛地回答。

「啊？真奇怪。」

小王子發出一陣銀鈴般的笑聲，讓我很是惱火。我希望別人認真看待我的不幸。

他又說：

「那你也是從天上來的！你的星球是哪個？」

剎那間，小王子現身於此的謎團透出一絲光明。我脫口而出：

「你是從另一個星球上來的嗎？」

他沒有回答這個問題。他緩緩地搖了搖頭，邊盯著我的飛機看，接著說：

「也是，你坐著這個東西，不可能是從很遠很遠的地方來的……」

然後，他就陷入沉思，久久都有沒回過神來。後來才從口袋裡掏出我畫的小羊，盯著看得入神。

你可以想像，「別的星球」這個曖昧不明的話題挑起了我多大的好奇心。我想辦法要多知道一些。

「我的小人兒啊，你到底是從哪裡來的？你住在哪裡？你要把我的小羊帶到哪裡去？」

他默默想了一會兒，才答道：

「幸好你畫了個箱子給我，晚上可以當作小羊的家。」

「當然。如果你乖乖的話，我再畫一條繩子給你，白天你可以把羊綁住。再畫一根柱子給你繫繩子。」

我的建議似乎讓小王子有些反感。

「綁住牠？好怪的想法。」

「你要是不把牠綁住，牠會四處跑，萬一牠走丟了……」

我的朋友又笑了起來：

「你以為牠能跑去哪裡呀？」

「牠哪裡都會去，牠會一直往前跑……」

小王子認真地說：

「沒關係，我住的地方很小很小。」

然後，他略帶傷感地又補了一句：

「一直往前跑，也去不了多遠……」

B612 小行星上的小王子

4

我知道的關於小王子第二件重要的事，就是他住的星球比一棟房子大不了多少。

沒什麼好吃驚的。除了地球、木星、火星、金星這幾個曾被命名的大行星以外，我知道宇宙間還存在千百個星球，有些星球太小，就算用望遠鏡也很難看到。每當天文學者發現一顆小星星，他並不會替它命名，只會給它一個編號，例如「325 小行星」。

我有確切的理由相信，小王子住的星球就是 B612 小行星。

這顆小行星，只有一九〇九年一位土耳其天文學家曾在望遠鏡裡看過一次。

　　他在國際太空大會上發表關於這項發現的演說。但他穿了一身土耳其傳統服裝上台，所以沒有一個人相信他說的話。

大人就是這樣。

　幸好，土耳其的獨裁者為了挽回 B612 星球的名聲，強迫土耳其人民都要改穿歐洲服飾，否則就處以死刑。一九二〇年，這位天文學家穿上一身優雅迷人的西服，再次發表演說。這次每個人都對他說的話深信不疑。

如果我告訴你關於 B612 小行星的各種細節，還有它的編號，這都是因為大人老是喜歡這樣做。大人喜歡數字。當你跟大人提起一個新朋友，他們從來不問真正重要的問題。他們決不會問：「他說話的語調如何？他愛玩什麼遊戲？他收不收集蝴蝶？」他們只會問：「他幾歲？家裡有幾個兄弟姊妹？他多重？他爸爸賺多少錢？」他們認為知道這些，才算得上了解。如果你告訴大人：「我看見一幢漂亮房子，磚瓦是玫瑰色的，窗邊擺滿天竺葵，屋頂上還有鴿子……」他們也無法想像。應該這樣說：「我看見一幢十萬法郎的房子。」他們會大喊：「多美的房子啊！」

　　因此，如果你告訴他們：「小王子存在的證據就是他很迷人，他很愛笑，他想要一隻羊。如果有人想要一隻羊，這就足以證明他的存在。」他們只會聳聳肩，把你當作小孩！但是，如果你說：「小王子是從 B612 小行星來的。」就能說服大人，也不會再東問西問來煩你。他們就是這樣。不怪他們，小孩不要對大

人太嚴苛。

當然，在我們這些了解何謂人生的人眼裡看來，編號不過是個笑話！我真想像講個童話故事一般來說這個故事，開頭像這樣：

「從前從前，有一個小王子，住在一個和他差不多大小的星球上，他需要一個朋友……」對於了解人生的人而言，這顯得更為真實。

但是我不喜歡別人隨隨便便地讀這本書，因為我在回憶這些往事的時候心裡還很難過。我的朋友和他的小羊已經離開六年了。我寫下他的故事，就是為了不要忘記他。忘記朋友這種事情太過悲哀，不是每個人都能交到一個朋友。我可能也會變成那種只在乎數字的大人。因為這種種原因，我買了一盒顏料跟幾枝鉛筆。到我這個年紀，而且還是個只在六歲時畫過兩條蟒蛇就再沒畫過別的東西的人，現在要重回繪畫的懷抱，簡直難如登天！當然，我會努力把最真實的一面畫下來，但我不能保證自己能夠心想事成。一張畫

得還有模有樣，另一張就不怎麼樣了。身材比例，我也掌握得不太好，書裡有的小王子畫得太大，有的又畫得太小。他的衣著顏色也讓我下筆猶豫。於是我東塗塗西改改，畫得不太好也不太壞。的確，最後可能還是有些重要的地方畫錯了，請大家見諒。因為我的朋友從沒解釋過什麼，他以為我跟他是一樣的。但是很遺憾，我一次也沒有看到過盒子裡的小羊。或許我有點像大人了，我已經變老了。

5
··············

　　每一天，我對小王子的星球都會多了解一些，他
為何離開以及旅途中發生的事情。這些都是慢慢從他
的談話中洩漏出來的。因此，到第三天的時候我知道
了關於猴麵包樹的種種。

　　這次也是由羊的問題起頭，小王子突然很認真地
問我：

　　「羊真的會吃灌木嗎？」

　　「嗯，會吃。」

　　「太好了。」

　　我不懂羊吃灌木為什麼這麼重要。不過小王子又

問：

「所以，羊也會吃猴麵包樹嗎？」

我告訴小王子，猴麵包樹不像灌木那麼小，而是一種跟教堂差不多大的大樹，即使他帶了一群大象回去，也吃不完一棵猴麵包樹。

一群大象讓小王子發噱：

「那我得把大象一隻一隻疊起來才行。」

他聰明地注意到：

「猴麵包樹在長大以前，也是小小的。」

「不錯！可是為什麼你想讓羊去把小猴麵包樹吃掉呢？」

他答道：「唉！這很明顯嘛！」彷彿事實就擺在眼前。可是我卻絞盡腦汁才了解問題所在。

原來，在小王子的星球上有益草也有壞草，就跟其他星球一樣。所以，星球上也會有益草的好種子和壞草的壞種子，可是你看不見種子。種子在泥土裡悄悄地沉睡，直到其中一顆種子悠悠醒轉……於是它伸展開來，朝向太陽害羞地長出一個可愛漂亮的嫩芽。如果是株蘿蔔苗或是玫瑰花苗，就任由它恣意生長。如果是株壞苗，一發現就應該盡快剷除。

小王子的星球上有些很可怕的種子……那就是猴麵包樹的種子。這個星球的泥土裡到處藏著猴麵包樹的種子。要是沒有盡早剷除猴麵包樹樹苗，可能就會再也無法擺脫它。猴麵包樹會占據整個星球，而樹根

能穿透星球。如果星球很小，猴麵包樹又太多，一顆星球最後的下場將是支離破碎。

「這是自我約束的問題。」後來小王子對我說。「早上起床梳洗完畢以後，就要小心翼翼地替整顆星球梳洗。要規定自己定時拔掉猴麵包樹樹苗。這種樹

苗和玫瑰花苗非常相似，一旦分辨出是猴麵包樹樹苗，就要拔除。這個工作很無聊，但是很簡單。」

後來有一天，他建議我試著畫一張漂亮的圖，讓我故鄉的孩子們能深深記住這件事。他對我說：「如果有一天他們出門旅行，這張圖就會派上用場。有時候人會拖延逃避，沒有馬上去做自己的工作，卻也沒出什麼大問題。不過要是碰上猴麵包樹，就會變成一場災難。我曾經到過一個星球上面住了一個懶鬼，他漏了三株樹苗……」

照著小王子的描述，我畫了這個星球。我不太喜歡說教，可是大家幾乎都不明白猴麵包樹有多可怕，而且對那些誤入小行星的人來說，也相當危險。因此這次我放下堅持，決定說教一次：「孩子們，要小心那些猴麵包樹呀！」

我的朋友跟我一樣，長期處在猴麵包樹的危險邊緣，卻不知道它有多危險。為了警告朋友，我花了很多心力畫下這張圖。要是有人能從中學到教訓，我多

猴麵包樹

花些精神也是值得的。也許你會問，為什麼這本書其他的圖都沒有猴麵包樹這幅壯觀呢？答案很簡單：我試過，但沒有成功。或許我在畫猴麵包樹的時候，心中相當急切的緣故吧。

6

　　啊！小王子，我就這麼一點一滴地了解你充滿憂愁的生活。在很長的一段時間裡，你唯一的樂趣就是靜靜看著太陽西下。我在第四天早上才知道這件事。那時你對我說：

　　「我喜歡看日落。我們去看日落吧！」

　　「但是要等……」

「等什麼？」

「等太陽西沉。」

剛開始你似乎吃了一驚，隨後你就笑自己糊塗。並對我說：

「我老是以為自己還在家裡！」

大家都知道在美國的中午，艷陽高照的時候，法國卻已是日暮西山。只要能在一分鐘以內趕到法國，就可以看到夕陽。可惜法國太過遙遠。但是在你的星球上，只要把椅子往前拉幾步就夠了。任何時候你想看日落都沒問題……

「有一天，我看了四十四次日落。」

過一會兒，你又說：

「你明白的……每當人非常非常悲傷的時候，就喜歡看日落。」

「看四十四次日落的那一天，你非常非常悲傷？」

小王子沒有回答。

7

第五天，還是同樣託了那隻羊的福，才揭開了小王子的祕密生活。他彷彿經過漫長靜默的思考，突然得到結果一般，沒頭沒尾地問道：

「羊會吃小灌木，那也會吃花嗎？」

「羊碰到什麼就吃什麼。」

「帶刺的花也吃嗎？」

「帶刺的花也吃！」

「那刺有什麼用呀？」

我不知道。那時我正忙著把一顆卡在引擎上的螺絲弄下來。我發現飛機嚴重故障，擔心得不得了。身

上的飲用水也快見底了，這是我最害怕的狀況。

「那刺有什麼用呀？」

一旦提出問題，小王子就不會放棄。這個該死的螺絲讓我一肚子火，所以就隨便回了一句：

「刺根本沒什麼用，不過是花朵身上邪惡的一部分。」

「哦！」

一陣沉默過後，他埋怨地對我說：

「我不相信！花朵天真弱小，一直在想辦法保護自己，她們相信自己身上的刺很可怕……」

我沒有回應。那時候我心裡想的是，如果這個螺絲再弄不下來，我就一錘敲了它。

小王子打斷了我的思緒，說：

「你真的覺得，花……」

「不是、不是！我什麼都不覺得！我剛剛是隨便說說的。我現在忙著做重要的事！」

他呆呆地盯著我。

「重要的事？」

他看著我手上拿著錘子，手指沾滿引擎機油，彎腰對著一個他覺得醜陋不堪的東西。

「你的口氣就跟那些大人一樣！」

這話讓我有點尷尬。他又無情地說道：

「你什麼都搞不清楚……你把所有東西都混在一起了！」

小王子真的很生氣。他搖著頭，金髮隨風晃動。

「我曾經去過一個星球，那裡住了一位紅臉先生。他從來沒有聞過一朵花，也沒有看過一顆星星。他誰也不喜歡。除了算數，他沒做過別的事。他跟你一樣，整天只會說：『我有重要的事要忙，我是個認真的人』。他居然還引以為傲。他簡直不是個人，是一個蘑菇！」

「什麼？」

「是一個蘑菇！」

小王子氣得臉色發白。

「幾百萬年以來花身上都長著刺，幾百萬年以來羊也還是在吃花。想知道為什麼花要用那麼多力氣長刺，結果刺卻沒有什麼用，這難道不算重要的事？難道羊跟花的戰爭不重要？難道不比紅臉先生的帳目重要？如果我認識一朵在這世界上獨一無二的花，只長在我的星球上，要是小羊早上一個不注意咬了花一口，這朵花就毀了。哦，你也覺得這不重要！」

他的臉氣得由白轉紅，又接著說：

「如果一個人愛上在億萬顆星星中獨一無二的一朵花，他只要注視這些星星就會感到快樂。他會告訴自己：『我的花就在那裡的一顆星星上……』但羊要是吃了這朵花，那一瞬間他眼中每顆星星都將黯淡無光！而你覺得這一點也不重要！」

他一句話也說不出來了，哽咽哭泣。

夜幕早已低垂。我丟下手裡的工具。我把錘子、螺絲、乾渴和死亡全都拋在腦後。在一顆星球上，在我的行星上，在地球上，有一個小王子需要安慰！我抱著他，輕輕晃動說：

　　「你愛的那朵花沒有生命危險……我會畫一個嘴套給你的小羊……我會畫幾個柵欄給你的花……我會……」

　　我不知道自己還能說些什麼。我覺得自己很笨拙。我不知道該怎麼做才能碰觸他的內心，或是怎麼做才能再進入他的內心……太神祕了！這淚水的王國！

8
....

　　沒多久我就知道了更多關於這朵花的事。在小王子的星球上，一直都長著一些只有單層花瓣、普通的花。這些小花占不了多少地方，也沒有打攪到誰。清晨她們在草叢間綻放，到晚上就靜靜凋謝。但是有一天，不知從哪裡來的種子突然抽了新芽。小王子近距離地注視這株與眾不同的新苗：說不定這是新品種的猴麵包樹呢。

　　但是，這株新苗很快就不再長大，而且準備孕育出一朵花。屢弱的幼枝上長了一個很大的花苞，小王子覺得這絕對會開出一朵奇妙的花來。但這朵花卻躲

在綠色的房間中，花了很多時間精心打扮。她細細挑選出場時身上的顏色，慢慢地穿上，一片一片調整自己的花瓣。她不想像罌粟花一般皺巴巴地現身，她只想光彩奪目地降臨這世間。是的，她很愛漂亮，所以她神祕的梳妝打扮耗費了許多時日。一天清晨，在太陽剛升起的那一刻，她綻放了。

她細膩地做了那麼多事前準備，卻打著哈欠說：

「我剛睡醒，頭髮亂糟糟的，讓你見笑了……」

小王子再也無法隱藏自己的愛慕：

「你好漂亮啊！」

「可不是嗎？」花兒輕輕地說：「我是和太陽同時誕生的……」

小王子發現這朵花不太懂得謙虛，可是她太動人了！

她立刻又說：「我想，現在應該是早餐時間了，你那麼善良，應該也替我準備了一些……」

小王子有些困惑，卻還是找來一個澆水壺與滿壺

乾淨的清水,灌溉花兒。

　　於是,這朵花很快就開始用她帶點多疑的虛榮心折磨小王子。比方說有一天,她跟小王子說起她身上的四根刺:

　　「老虎張牙舞爪地撲過來,我也不怕!」

小王子回了一句：「我這個星球上沒有老虎，而且老虎也不吃草。」

花兒悠悠地說道：「我不是草。」

「對不起。」

「我不怕老虎，可我怕颱風。你沒有替我準備屏風嗎？」

小王子注意到：「怕颱風……這對一株植物來說，真是不幸。這朵花真是複雜難懂……」

「晚上你要替我蓋上玻璃罩。你的星球太冷了，住得不舒服，我來的地方……」

她的話突然硬生生斷在這裡。她來的時候是顆種子，根本沒見過別的世界。她對於自己差點說了個天真的謊話，而且還被識破，感覺有些懊惱。她輕咳兩三聲，為了讓小王子覺得愧咎，她說道：

「屏風呢？」

「我本來要去找，可是你剛剛在跟我說話……」

於是花兒用力咳了好一陣子，好把錯怪在小王子頭上。

儘管小王子真心誠意地喜歡這朵花，還是立刻對她產生了懷疑。小王子太過認真看待一些不重要的話，反倒讓自己不開心。

「我不該聽她的，」有一天他這麼告訴我：「絕對不要聽信那些花說的話，應該看著她們、聞著她們就夠了。這朵花讓我的星球香氣四溢，可是我卻不知道慶幸。老虎的事讓我動怒，其實我應該要同情她才是……」

「我真的是什麼也不懂！我應該用她做的事來判

斷這朵花是好是壞，而不是聽她說的那些話。她讓我的生活充滿芬芳，她點亮了我的生命，我根本不應該離開她跑出來！我應該要猜到，在她可憐差勁的花招背後還隱藏著柔情。花是一種太矛盾的生物！我那時太稚嫩，還不懂得愛情。」

9

我想小王子是趁著候鳥遷徙的時候離開的。

在出發的那天早上，他把星球整理得井井有條，把星球上的活火山打掃乾淨。小王子有兩座活火山，早上熱早餐的時候很方便。他還有一座死火山，不過他說，說不定它哪天就會爆發呢！所以他也把死火山的通道打掃乾淨，就算死火山復燃，也會緩慢規律地燃燒，而不至於爆發。火山爆發就像煙囪起火。很明顯，我們地球上的人類身材太小所以不能打掃火山，這也是為什麼火山總是給我們帶來各種麻煩。

小王子帶著憂愁，把最後幾株猴麵包樹樹苗連根

他把活火山打掃乾淨。

拔起。他以為自己再也不會回來了。離開的那天早上，這些每天做慣的事卻讓他覺得特別珍貴。他最後一次替花澆水，準備替她蓋上玻璃罩的時候，他發現淚水已經在眼眶裡打轉。

「再見。」他對花說。

不過花並沒有回話。

「再見。」他又說了一次。

花咳嗽了起來，卻不是因為感冒。

她終於開口：「我太愚蠢了。請你原諒我。祝你幸福。」

這朵花沒有一句抱怨，小王子大吃了一驚，當場楞住了，手裡的玻璃罩還舉在半空中。小王子不懂她為什麼如此溫柔平靜。

「是的，我愛你。」花兒對他說：「都是我的錯，你才會一點也不知情。這都不重要了。不過，你也和我一樣愚蠢。祝你以後找到幸福。罩子就留在那裡吧，我用不到了。」

「但要是颶風……」

「我的感冒沒那麼嚴重……夜裡的涼風對我有好處。我畢竟還是朵花。」

「萬一有其他的生物……」

「要是我想認識幾隻蝴蝶，就要受得了身上爬著兩三隻毛毛蟲。聽說蝴蝶很美。你想還會有誰來看我？你馬上就要去很遠很遠的地方了。至於野獸，我一點都不怕，我也有爪子。」

她天真地亮出那四根刺，隨後又說：

「別再依依不捨了，真煩！你既然下定決心要離開，現在就走吧！」

其實她是因為怕小王子看到她哭。真是一朵非常驕傲的花……

10

　小王子的星球附近，還有 325、326、327、328、329、330 等幾顆小行星。於是他開始拜訪這幾顆星球，想給自己找點事做，也順道增長見聞。

　第一顆星球上住了一個國王。國王穿著一身紫色絲綢配上貂皮的大禮服，坐在樣式簡單卻莊嚴的寶座上。

　他一看到小王子便大喊：

　「啊！我的良民來了。」

　小王子心想：「他根本沒見過我，怎麼會認識我呢？」

他不知道，這個世界在國王的眼裡相當單純，所有人都是國王的臣民。

「上前來，讓我好好看看你。」國王對小王子說。國王非常驕傲，因為他終於是某個人的國王了。

小王子環顧四周，卻不知道該坐在哪裡，因為整個星球都被國王漂亮的貂皮袍襉占據了。他只好站著不動，當他站得累了，就打了一個哈欠。

國王對他說：「在國王面前打哈欠非常失禮。我不准你打哈欠。」

小王子一臉茫然地說道：「我忍不住，我經過漫長的旅程才來到這裡，中間都沒睡呢。」

國王說：「好吧，我命令你打哈欠。我好多年沒看到人打哈欠了，我現在倒是對哈欠有點好奇。來吧，打個哈欠來看看！這是命令。」

「這樣反而讓我緊張起來了……我打不出哈欠了……」小王子滿臉漲紅。

「哼、哼！」國王答道：「那我……命令你有時

候打哈欠，有時候……」

他有點結巴，顯然是不太高興。

因為身為一個國王最基本的就是要維持自己的權威，受到眾人尊敬景仰。他無法忍受自己的命令遭人違抗，他是一個絕對的君王。不過，他是個善良的人，他所有的命令都是合理的。

「如果我命令，」他流利地說：「命令一位將軍變成海鳥，但這位將軍卻無法遵從我的命令，那就不能怪將軍，而是我的錯。」

小王子害羞地問道：「我可以坐下嗎？」

「我命令你坐下。」國王答道，邊莊嚴地撩了一下他的貂皮袍襬。

可是小王子很好奇。這星球那麼小，國王在這裡能夠統治些什麼呢？

他對國王說：「陛下……請允許我提出一個問題……」

國王連忙宣告：「我命令你問。」

「陛下……您到底在統治什麼？」

國王相當簡單地說：「我統治一切。」

「一切？」

國王慎重地用手比劃他的星球和其他的星球，以及所有星星。

小王子說：「全部都是？」

「全部都是。」

原來他不只是個絕對的君王，而且還君臨整個宇宙。

「那星星也都服從您的命令嗎？」

「當然！」國王說：「我一下命令，它們馬上就得服從。我不能忍受毫無紀律。」

這麼大的權力讓小王子不住讚歎。如果擁有這種權力，他就可以在一天裡看到超過四十四次的日落，比如說七十二次，甚至一百次、二百次日落，而且根本不用移動椅子！這讓他想起那顆被他拋棄的小星球，不禁有些難過。他鼓起勇氣向國王提出一個請求：

「我想看日落，請您幫個忙……命令太陽西沉吧……」

國王說：「如果我命令一位將軍像隻蝴蝶，從這朵花飛到那朵花，或是命令他寫一齣悲劇，或是變成海鳥，他要是不執行命令的話，那麼，到底是他的錯還是我的錯？」

「當然是您錯了。」小王子堅定地答道。

「完全正確，」國王接著說：「命令百姓做的事應該是他們力所能及的。權威要先建立在合理的基礎上，百姓才能接受。如果我命令老百姓投海，他們一定會群起發動革命。我的命令要先是合理的，才有權利要求別人服從。」

「那我的日落呢？」小王子提醒他。一旦提出問題，小王子就不會放棄。

「你會看到你的日落。我會命令太陽西沉，不過依照我的統治哲學，要等到條件合適的時候。」

小王子問：「要等到什麼時候呢？」

「嗯……」國王在回答之前，先動手翻開一本厚重的日曆，嘴裡慢慢說道：「嗯……應該……應該是……今天晚上七點四十分！到時候你就會看到我的命令生效。」

小王子打了個哈欠。錯過日落雖然很可惜，不過他有些厭倦了，他對國王說：

「我在這裡沒什麼好做的了。我要走了。」

「別走！」國王才剛因為擁有一個人民正在驕傲得意，他說：「別走！我讓你做大臣。」

「什麼大臣？」

「司……司法大臣！」

「可是這裡沒人可以審判呀。」

「這很難說，」國王說：「我還沒有完整巡視過我的王國呢。我年紀大了，這裡又沒地方放出巡的馬車，而且我一走路就累。」

「哦！但是我已經看過了。」小王子說，並回頭看看星球的另一面。那裡一個人也沒有……

「那你可以審判自己呀！」國王回答。「這是世界上頭等的難事。審判自己比審判別人要難得多！你如果能夠正確審判自己，你將成為真正的智者。」

「的確，」小王子說：「但是我在哪裡都可以審判自己，沒有必要住在這個星球上。」

國王說：「嗯⋯⋯我想在這個星球上藏著一隻上了年紀的老鼠。每到晚上我都能聽見牠的聲音。你可以審判牠，時不時給牠判個死刑。你的判決可以決定牠的生死。不過你要省著點用，每次判完刑就要赦免牠，因為我們只有一隻老鼠。」

「我不喜歡判任何人死刑。我想我還是走吧。」小王子回答。

「不行。」國王說。

小王子做好了離開的準備，但他不想見到老國王傷心，說道：

「如果陛下希望一下命令就能立刻被執行，您現在可以合理地命令我。比如說，您可以命令我在一分

鐘之內離開這個星球。我想條件已經很合適了⋯⋯」

　　國王沒有回答，小王子猶豫了一會兒，然後嘆了口氣，就走了。

　　「我任命你當我的大使。」國王匆匆忙忙地大聲喊道。

　　國王擺出一副無上權威的樣子。

　　「大人都好奇怪。」小王子踏上旅途，邊喃喃自語說。

11

第二個星球上住了一個愛慕虛榮的人。

「哇！我的仰慕者來了！」虛榮的人一看到小王子，遠遠就大喊了起來。

在虛榮的人眼裡，其他每一個人都是他們的仰慕者。

「你好！」小王子說。「你的帽子好奇怪。」

「這是致意用的。」虛榮的人說：「每當人們為我歡呼的時候，我就用帽子向他們致意。可惜從來沒人路過這裡。」

小王子不懂他的意思，說道：「是嗎？」

虛榮的人提議說：「用你的手去拍另一隻手。」

小王子拍拍手。虛榮的人謙虛地舉起帽子向小王子致意。

小王子心想：「這次比拜訪國王有趣。」所以他又開始拍手。虛榮的人又舉起帽子向他致意。

小王子持續拍了五分鐘手，就開始厭倦這個單調的遊戲。他說：

「怎麼做才能讓你把帽子脫下來呢？」

虛榮的人根本聽不進他說的話，因為每個愛慕虛榮的人都只聽得見讚美的話語。

他問小王子：「你真的很崇拜我嗎？」

「什麼是『崇拜』？」

「崇拜就是，你覺得我是這個星球上最美麗的人、衣服最漂亮的人、最有錢的人，還有最聰明的人。」

「但你是這個星球上唯一的一個人啊！」

「讓我快樂吧，繼續崇拜我吧！」

小王子聳聳肩膀說：「我崇拜你，可是為什麼你

那麼在意？」

　　然後他離開了這顆星球。

　　「大人真的都好奇怪。」小王子踏上旅途，邊喃喃自語說。

12

　　小王子拜訪的下一個星球上住了一個酒鬼。這次
拜訪十分倉促，卻令小王子非常憂傷。

　　「你在做什麼？」小王子問酒鬼。酒鬼靜靜
　　　地坐著，面前有一堆酒瓶，有些瓶
　　　　子已經空了，有些還是滿的。

「我喝酒。」他陰沉地答道。

「你為什麼要喝酒？」小王子問。

「為了遺忘。」酒鬼回答。

小王子已經開始可憐眼前的酒鬼了。他問：「你要忘記什麼？」

酒鬼低下頭，坦誠地說：「我想忘記羞恥。」

「你為什麼羞恥？」小王子問。心裡很想幫他。

「我因為酗酒而感到羞恥。」酒鬼說完就再也不願意開口了。

小王子充滿困惑地離開。

「大人真的都非常非常奇怪。」小王子踏上旅途，邊喃喃自語說。

13

　　第四個星球是一個商人的星球。這個人忙得不能再忙了，小王子抵達的時候，他甚至連頭都沒有抬起來。

　　「你好，」小王子對他說：「你的香菸熄了。」

　　「三加二等於五。五加七等於十二。十二加三等於十五。你好。十五加七，二十二。二十二加六，二十八。我沒時間點菸。二十六加五，三十一。哦！一共是五億一百六十二萬二千七百三十一。」

　　「五億什麼？」

　　「嗯？你還在啊？五億一百萬……我也搞不清

楚什麼是什麼了。我的工作很多……我，我是個認真的人……跟你閒聊我也得不到任何樂趣！二加五等於七……」

「五億一百萬什麼？」小王子再次問道。一旦提出問題，小王子就不會放棄。

商人抬起頭說：

「我住在這個星球已經五十四年了，這段期間裡我只被打擾過三次。第一次被打擾是二十二年前，天知道從哪裡來了一隻金龜子。牠發出恐怖的噪音，讓我的一筆帳目出了四個錯。第二次是十一年前，我的風濕病發作，因為我平常缺少運動。我根本沒有閒工夫四處逛。我，我是個認真的人。現在……是第三次！我剛剛說是五億一百萬……」

「上億個什麼？」

這個商人明白今天是不得安寧了，他說道：

「上億個小東西，有時可以在天空中看到的小東西。」

「蒼蠅？」

「不是，是閃閃發光的小東西。」

「蜜蜂？」

「不是，是金色的小東西，無所事事的人常看著這些小東西做白日夢。我，我是個認真的人。我沒空做白日夢。」

「啊，是星星？」

「對，就是星星。」

「你要對五億顆星星做什麼？」

「是五億一百六十二萬二千七百三十一顆星星。我，我是個認真的人，我的計算非常精確。」

「你要對這些星星做什麼？」

「我要做什麼？」

「對。」

「什麼也不做。我擁有這些星星。」

「你擁有這些星星？」

「是的。」

「可是我才遇到一個國王，他……」

「國王並不擁有什麼，他們是『統治』。這兩者有非常大的不同。」

「你擁有這麼多星星要做什麼？」

「這些星星讓我變成有錢人。」

「變成有錢人要做什麼？」

「如果有人發現新的星星，要有錢才能買下來。」

小王子喃喃自語說：「這個人的邏輯怎麼跟那個酒鬼有點像呀。」

然而，小王子還有一些疑問：

「一個人怎麼可能擁有星星呢？」

「那這些星星是誰的？」商人暴躁地反駁小王子。

「我不知道，星星不是任何人的。」

「那這些星星就是我的，因為我第一個想到要擁有這些星星。」

「你先想到就可以嗎？」

「當然。當你發現一顆不屬於任何人的鑽石，那

這顆鑽石就是你的。當你發現一個無主的小島，那這個小島就是屬於你的。當你想到一個沒人想過的點子，你可以申請專利，那這個點子就是完全屬於你的。既然沒有任何人比我先想到要占有這些星星，那這些星星就是屬於我的。」

「你說的也有道理。但是你要對這些星星做什麼？」小王子說。

「我管理這些星星。我一遍又一遍數著這些星星。」商人說：「這是一件困難的事情。但我是一個認真的人！」

小王子還是不滿足，他說：

「在我看來，如果我擁有一條圍巾，我會用圍巾圍住我的脖子，隨身帶著它。我要是擁有一朵花，我會摘下我的花，帶著它跟我一起走。可是你卻不能摘下這些星星啊！」

「我摘不下來，但是我可以把星星存在銀行裡。」

「那是什麼意思？」

「意思是說，我把我擁有的星星數目寫在一張小紙片上，然後再把這張小紙片鎖在一個抽屜裡。」

「就這樣？」

「這樣就夠了。」

「真有趣，」小王子心想：「真夠詩意的，不過這算不上是什麼重要的事。」

對於什麼事是重要的，小王子的想法跟大人的想法非常非常不一樣。

他又說：「我擁有一朵花，每天我都會替她澆水。我還擁有三座火山，每個星期我都會把三座火山全部清理一遍。死火山我也同樣清理，誰曉得它哪天會復活。我擁有火山和花，我對火山有用處，我對花也有用處。但是你對星星一點用處也沒有……」

商人張大了嘴巴卻說不出一句話。然後小王子就離開了。

「大人絕對都是些非比尋常的怪人。」小王子踏上旅途，邊喃喃自語說。

14

第五顆星球十分奇怪，在這些星星中它是最小的一顆。星球上剛好可以容納一盞路燈和一個點燈的人。小王子怎麼也想不出一個合理的解釋，這顆星星藏在天空的角落裡，上頭沒有房舍也沒有居民，那麼這盞路燈和點燈的人到底有什麼用處。

不過他心裡是這麼想的：「或許點燈的人有些可笑。但是他比起國王、比起愛慕虛榮的人，比起商人跟酒鬼，都更好一點，至少他的工作還算有意義。當他點亮路燈的時候，彷彿他在這個世界上添了一顆星星或一朵花。當他熄滅路燈的時候，好像他讓星星或

花朵入睡了一樣。點燈人這個職業很美好，這份美好本身就是一種用處。」

小王子一登上這個星球，就滿懷尊敬地向點燈人問好：

「早安。為什麼你把路燈熄了？」

「早安。這是命令。」點燈人答道。

「命令是什麼？」

「就是熄滅路燈。晚安。」

然後他又點亮路燈。

「為什麼你又把路燈點亮了？」

「這是命令。」點燈人答道。

「我不懂。」小王子說。

「沒什麼好懂的。」點燈人說：「命令就是命令。早安。」

他又熄了路燈。

然後他拿出紅色格子手帕，擦擦額頭上的汗。

「我的工作真是累死人了。以前還算合理，早上

熄燈，晚上再點亮。白天多出來的時間，我可以休息放鬆，晚上多出來的時間我就拿來睡覺……」

「後來命令改變了嗎？」

點燈人說：「命令還是一樣，這才是最悲哀的地方！這個星球一年轉得比一年快，但命令卻從來沒有改過。」

「結果呢？」小王子問道。

「結果現在這個星球每分鐘就轉一圈，我一秒鐘都停不下來。每一分鐘我都要點一次燈，還要滅一次燈！」

「真好玩！你住的地方居然一天只有一分鐘！」

「根本不好玩！」點燈人說：「就在我們聊天的時候，已經過了一個月。」

「一個月？」

「對。三十分鐘就是三十天！晚安。」

然後他又點亮了路燈。

小王子看著點燈人，他很喜歡這位盡忠職守的點

「我的工作真是累死人了。」

燈人。他想起自己以前為了追逐日落而拉著椅子往前移動的事情。他很想幫助這位新朋友。

「跟你說，」小王子說：「我知道一個方法，讓你想休息的時候就可以休息。」

「我無時無刻都想休息。」點燈人說。

原來一個人可以同時擁有盡忠職守和懶惰兩種特質。

小王子繼續說明：

「你的星球那麼小，走三步就可以環球一圈。你只要慢慢走，就可以一直待在太陽光底下。你想休息的時候，就照這樣走……那你希望白天有多長就有多長。」

「這個方法幫不上我什麼忙，我這輩子最喜歡的就是睡覺。」點燈人說。

「真是不幸。」小王子說。

「真是不幸。」點燈人說：「早安。」

然後他又滅了路燈。

小王子踏上旅途，邊喃喃自語說：

「像國王、愛慕虛榮的人、酒鬼、商人，這些人一定會瞧不起這位點燈人。可是對我來說，在這群人裡，只有他不會讓我覺得荒謬可笑。或許是因為除了他自己，他還關心一些其他的事。」

他憐憫地嘆了口氣，又自言自語道：

「原本在這群人當中，點燈人是唯一一個可以和我成為朋友的人。可是他的星球真的太小了，容不下兩個人……」

不過小王子沒敢承認的是：他最捨不得離開這個美妙星球的原因在於，在那裡每二十四小時就有一千四百四十次日落！

15

　　第六顆星球比前一個星球大了十倍。這裡住著一位老先生，他正埋首寫書。

　　「啊！探險者來了。」老先生一看到小王子就大喊。

　　小王子坐在書桌旁邊，微微喘氣。他經歷了那麼多旅程，多麼漫長啊！

　　「你是從哪裡來的？」老先生問。

　　「這本這麼厚的是什麼書？你在這裡做什麼？」小王子問。

　　「我是個地理學家。」老先生回答。

「什麼是地理學家？」

「地理學家是學者的一種，他知道海洋、河流、城市、山脈、沙漠這些地方的位置在哪裡。」

「真有趣。」小王子說：「我終於碰到擁有一份真正的職業的人了。」他放眼環顧這位地理學家的星球。這是小王子一路上看過最雄偉最壯觀的星球了。

「你的星球好美。這裡有海洋嗎？」

「我不知道。」地理學家說。

「哦！」小王子很失望。「那有山嗎？」

「我不知道。」地理學家說。

「那這裡有城市、河流或沙漠嗎？」

「我也不知道。」地理學家說。

「你不是個地理學家嗎？」

「沒錯，」地理學家說：「但我不是探險者。這個星球一個探險者也沒有。出門去數這裡有多少城市、河流、山脈、海洋、沙漠並不是地理學家的工作。地理學家太重要了，不能出門四處跑。他不能離開辦公室，不過他可以接見探險者。他向探險者提出種種問題，記錄他們的所見所聞。要是他對哪個探險者的經歷感興趣，那地理學家就得著手調查這個探險者的人格品性。」

「為什麼？」

「因為對地理學家寫的書來說，說謊的探險者會是一場災難。一個喝酒喝得太多的探險者同樣也是災難。」

「為什麼？」小王子問。

「人喝醉酒之後看什麼東西都會變成兩個，然後地理學家就會把一座山寫成兩座山。」

「我認識一個人，讓他來當探險者的話一定很糟糕。」小王子說。

「很有可能。如果探險者人品還不錯的話，就要審查他的發現。」

「去實地看看？」

「不，這樣太複雜了，要求探險者拿出證據就好。比如說，他發現了一座大山，就叫他帶些大石頭來。」

地理學家突然激動了起來。

「你，你不就是從遠方來的嗎？你就是一個探險者！快說說你的星球是什麼樣子吧！」

說完地理學家就打開那本厚重的記事簿，還削了鉛筆。他會先用鉛筆把探險者的描述記下來，等到探險者拿出證據之後，再用鋼筆寫下來。

「我們開始吧？」地理學家問。

「哦！我住的地方，」小王子說：「沒什麼有趣的，那裡什麼都很小。我有三座火山，其中兩座是活火山，另一座是死火山，不過很難講。」

「很難講。」地理學家說。

「我還有一朵花。」

「我們不記錄花。」地理學家說。

「為什麼？這朵花是我的星球上最美麗的東西。」

「因為花是短暫的。」

「什麼是『短暫』？」

「地理學叢書是所有的書裡頭是最嚴肅的。」地理學家說：「這種書永遠不會過時。山所在的位置幾乎不會改變，海洋也幾乎不會乾枯。我們記錄的是永恆。」

「可是死火山也有可能會再次爆發。」小王子插嘴道：「什麼是『短暫』？」

「死火山也好，活火山也好，對我們來說都是一樣的。」地理學家說：「真正重要的是山。山是不會

換地方的。」

「但是，『短暫』是什麼意思？」小王子第三次問。一旦提出問題，他就不會放棄。

「意思是，有稍縱即逝的危險。」

「我的花是稍縱即逝的嗎？」

「當然是。」

小王子自言自語說：「我的花是短暫的，而且她只有四根刺可以保護自己！我居然還讓她孤單地留在我的星球上！」

這是他第一次感到後悔，但他再次鼓起勇氣：

「你可以建議我下一站該去哪裡嗎？」小王子問。

「地球，」地理學家答道：「這個星球頗得讚譽……」

小王子踏上旅途，邊想著他的那朵花。

16

第七個星球就是地球。

地球不只是一顆普通的星球！這裡有一百一十一個國王（當然，沒少算黑人國王）、七千個地理學家、九十萬個商人、七百五十萬個酒鬼、三億一千一百萬個愛慕虛榮的人，也就是說，地球上大約有二十億個大人。

為了讓你對地球到底多大稍微有個概念，我要告訴你在發現電力之前，在地球的六大洲上想要點亮路燈，需要一支高達四十六萬二千五百一十一人的點燈大軍。

從距離地球稍遠的地方看上去，這個景象相當壯觀。這支點燈大軍的動作猶如芭蕾舞一般有條不紊。最先上場的是紐西蘭和澳大利亞的點燈人，他們點亮路燈之後，就下場睡覺去了。再來是中國和西伯利亞的點燈人步上舞臺，隨後也悄悄下台。接著輪到俄羅斯和印度的點燈人。然後是非洲和歐洲的點燈人、南美的點燈人，再來是北美的點燈人。他們從來不會弄錯上場的順序。真是厲害。

　　北極只有一盞路燈和一位負責點燈的人，南極也是一樣。地球上唯獨這兩位點燈人不必辛苦勤勞地工作：因為他們每年只要點兩次燈。

17

....

　當人想表現得俏皮點的時候，說出來的話可能就會跟事實有點脫軌。我在講點燈人的故事時，並不是那麼忠於真實情況，可能會讓不了解這個星球的人有些誤會。在地球上，人類占的空間非常少。如果地球上的二十億個人全都站著，而且彷彿開一個集體大會般聚在一起，那只要一個長寬各二十英里的廣場就能輕易容納所有人。太平洋最小的小島就能裝得下全人類。

　當然，大人是不會相信的。他們想像自己占據的空間很大，把自己看得像猴麵包樹那麼重要。你可以

建議他們動手算算看。大人喜歡數字，這個建議會讓他們很開心。不過別浪費你自己的時間去計算。這根本沒有用處。你可以放心相信我。

小王子抵達地球的時候，他很訝異這裡連個人影也沒有。他開始擔心自己跑錯了星球。這個時候，在沙漠裡有個閃耀著月色的圓環在移動。

小王子謹慎小心地說：「晚安。」

「晚安。」蛇說。

「我來到的是什麼星球？」小王子問。

「這是地球，這裡是非洲。」蛇答道。

「啊！⋯⋯地球上沒有人嗎？」

「這裡是沙漠，沒人會待在沙漠裡。地球很大。」蛇說。

小王子坐在一塊石頭上，抬頭望著天空，他說：

「我真好奇這些星星之所以閃閃發光，是不是為了讓我們有一天能再次找到自己的星球。你看，那是我的星星，剛好在我們正上方⋯⋯不過，它離我是多

麼遠吶！」

「這顆星很美。」蛇說：「你為什麼到這裡來？」

「我跟一朵花吵架了。」小王子說。

「啊！」蛇說。

他們都沉默不語。

「人類在哪裡？」最後是小王子開了口。「在沙漠裡，感覺有點孤獨⋯⋯」

「在人群當中也一樣會孤獨。」蛇說。

小王子盯著蛇看了很久。

「你真是個怪異的生物，只有手指頭那樣細⋯⋯」小王子終於說道。

「但是我的力量比國王的一根手指頭更強大。」蛇說。

小王子露出一個微笑：

「你沒那麼強大⋯⋯你連腳都沒有⋯⋯連去旅行都不行⋯⋯」

「我可以帶你去很遠很遠的地方，比任何船隻航

「你真是個怪異的生物，只有手指頭那樣細⋯⋯」小王子終於說道。

行得更遠。」蛇說。

蛇在小王子的腳踝上繞了一圈，好像一個金色的鐲子。

「凡是被我碰上的人，不管是從哪裡來的都會被我送回老家。」蛇又說：「但是你天真單純，而且還是從另一個星球來的……」

小王子沒有回話。

「我為你感到難過。在這個花崗石組成的地球上，你是那麼孱弱。如果有一天你太過思念你的星球，我可以幫你。我可以……」

「哦！我懂，我很懂。」小王子說：「不過為什麼你說的話總是像謎語似的？」

「這些謎語我都會解開。」蛇說。

於是他們再次沉默不語。

18

　　小王子穿越沙漠。這段期間他只碰到了一朵花。一朵不起眼的三瓣花……

　　「你好。」小王子說。

　　「你好。」花說。

　　「人類在哪裡呢？」小王子禮貌地問。

　　有一次，這朵花曾看到一支駱駝商隊經過。

　　「人類？我想應該有六、七個人還活著吧。幾年前，我還看過他們。不過，誰都不知道要去哪裡找他們。風會把他們吹跑。他們沒有根，這讓他們的生活很辛苦。」

「再見。」小王子說。

「再見。」花說。

19

後來，小王子爬上一座高山。他以前知道的山，只有家裡那三座只到他膝蓋高的火山。他還曾經把死火山拿來當小凳子。小王子喃喃自語說：「從這麼高的山上，我應該可以一眼看到整個星球，還有每一個人……」不過除了尖銳鋒利的懸崖峭壁，其他什麼都看不到。

「你好。」小王子謹慎地開口。

「你好……你好……你好……」回音答道。

「你是誰？」小王子問。

「你是誰……你是誰……你是誰……」回音答道。

「請你當我的朋友吧，我好孤單。」他說。

「我好孤單……我好孤單……我好孤單……」回音答著。

小王子心想：「這顆星球太奇怪了！到處都那麼乾、那麼尖銳，還那麼鹹。這裡的人根本沒有想像力。他們只會重複每一句別人說的話……在我的星球上，我有一朵花。她總是先開口說話……」

20

　　在小王子漫長地走過沙漠、岩石和雪地之後，他終於找到一條道路。而所有的道路都通向人類居住的地方。

　　「你好。」小王子說。

　　這是一個玫瑰花園。

　　「你好。」玫瑰花說道。

　　小王子望著這些花，全都長得和他的那朵花一模一樣。

　　「你們是？」小王子驚訝地問。

　　「我們是玫瑰花。」玫瑰花說。

「啊！」小王子叫道。

他覺得很難過。那朵花曾經告訴他，她是全宇宙中獨一無二的一朵花。但光是在這座花園裡，就有五千朵跟她一模一樣的花！

「如果她看到這裡的花，」小王子自言自語說：「她一定會非常生氣……她會咳嗽咳得非常用力。為了不被恥笑，她會假裝自己快死了，而我還要假裝去拯救她的生命。如果我不這麼做的話，她為了讓我也覺得歉疚，可能會真的去死……」

他繼續說：「我以為自己很富足，畢竟擁有了一朵獨一無二的花。可惜我擁有的不過是一朵再普通不過的花。一朵普通的花，加上三座只到我膝蓋高的火山，而且其中一座可能永遠不會再活動了……這一切都不會讓我成為一個偉大的王子……」

於是，他伏在草叢間低聲哭泣。

他伏在草叢間低聲哭泣。

21

　　狐狸就是在這個時候出現的。

　　「你好。」狐狸說。

　　「你好。」小王子彬彬有禮地回答。他翻過身，但是什麼也沒看到。

　　「我在這裡，」那個聲音說：「在蘋果樹下。」

　　「你是誰？」小王子問了一句，又說：「你很可愛。」

　　「我是狐狸。」狐狸說。

　　「過來跟我一起玩吧，」小王子提議說。「我很不開心……」

「我不能跟你一起玩，」狐狸說：「我沒有被馴養。」

「啊！真抱歉。」小王子說。

他想了想，又說：

「什麼是『馴養』？」

「你不住在這裡。」狐狸說：「你在找什麼？」

「我在找人類。」小王子說：「什麼是『馴養』？」

「人類，」狐狸說：「他們有槍，他們還會打獵，真是煩人！他們也養雞，這是他們唯一的優點。你是來找雞嗎？」

「不，」小王子說：「我在找朋友。什麼是『馴養』？」

「這是一件大家早就忘記的事情，」狐狸說：「馴養的意思是『建立關係』。」

「建立關係？」

「沒錯，」狐狸說。「對我來說，你不過是一個小男孩，就像其他千千萬萬個小男孩一樣。我不需要

你，你也不需要我。在你眼裡，我不過是一隻狐狸，和其他千千萬萬隻狐狸沒什麼兩樣。可是，如果你馴養了我，我們就會需要彼此的存在。對我來說，你會是世界上獨一無二的你；對你來說，我也會是世界上獨一無二的我。」

「我開始有點懂了。」小王子說：「有一朵花⋯⋯我想，她馴養了我⋯⋯」

「沒什麼不可能的。」狐狸說：「在地球上什麼怪事都有可能發生⋯⋯」

「哦，這不是發生在地球上的事。」小王子說。

狐狸十分感興趣。

「在另一個星球上？」

「是。」

「在那個星球上，有獵人嗎？」

「沒有。」

「太有趣了！那有雞嗎？」

「沒有。」

「沒有什麼是完美的。」狐狸嘆了口氣道。

但狐狸又回到原先的話題：

「我的生活非常單調。我抓雞，人抓我。每隻雞都一模一樣，每個人也都一模一樣。所以我開始覺得無聊了。但你要是馴養了我，我的生活就會閃閃發亮。我會記住你的腳步聲，跟其他人沒有半點相同。其他

人的腳步聲會讓我匆忙躲到地洞裡，你的腳步聲卻會像天籟呼喚我從洞裡出來。你看！看到那邊的麥田了嗎？我不吃麵包，小麥對我一點用處也沒有，麥田對我毫無意義。這有點悲哀。但是你擁有一頭金髮，你要是馴養了我，這將變得多麼美妙！每次看到金色的小麥，我就會想起你。而且我會愛上風吹拂小麥的聲音……」

狐狸不再開口，盯著小王子看了很久很久。

「請你馴養我吧！」他說。

「我很樂意，」小王子回答：「可是我沒有多少時間了。我要尋找朋友，還有很多事情等著我去了解。」

「你只有先馴養了事物之後，才能了解他們。」狐狸說：「人不再花時間了解任何事物，他們只會跑到商店裡買現成的東西。但是世上沒有一間店在出售友情，所以人也不再有朋友這種東西。如果你想要一個朋友，就馴養我吧！」

「那馴養，該做些什麼呢？」小王子問。

「你要很有耐心。」狐狸答道：「一開始你要坐在草叢間，跟我稍微有點距離。我會用眼角餘光看看你，你就沉默別說話。話語是誤解的源頭。不過，每天你都要坐得近一點⋯⋯」

第二天，小王子來了。

「你最好每天都同一個時間來。」狐狸說：「比如說，你固定下午四點來，那我從三點開始就會高興期待。越是快到你來的時刻，我就越覺得幸福。一到四點，我會坐立難安，我會發現幸福的代價是什麼。但是，如果你愛什麼時候來就什麼時候來，我永遠都不知道要在什麼時候準備好迎接你⋯⋯我們應該堅守一定的儀式。」

「什麼是儀式？」小王子問道。

「這也是大家早就忘記的事情。」狐狸說：「儀式會讓某一天不同於其他日子，讓某個時刻不同於其他時刻。比如，那些獵人就有一個儀式。他們每個星

比如說，你固定下午四點來，那我從三點開始就會高興期待。

期四都跟村子裡的女孩跳舞。於是，星期四對我來說就是一個美好的日子！我可以漫步走到葡萄園那麼遠，都沒有危險。如果獵人隨便什麼時候都去跳舞，每天都差不多，那我也不會有假日了。」

就這樣，小王子馴養了狐狸。當小王子離開的時刻即將到來……

「啊！」狐狸說：「我要哭了。」

「這都是你的錯，」小王子說：「我從來都不想傷害你，可是你卻要我馴養你……」

「就是這樣。」狐狸說。

「可是你要哭了！」小王子說。

「就是這樣。」狐狸說。

「這對你一點好處也沒有。」

「看那小麥的顏色，我並非一無所獲。」狐狸說。

他又接著說：

「再去看看那些玫瑰花吧。你現在應該可以明白，你的花確實是世界上獨一無二的。然後再回來跟我道

別，到那時我會送你一個祕密作為禮物。」

　　小王子去看那些玫瑰。

　　「你們跟我的玫瑰一丁點也不像，」小王子對眾
多玫瑰花說：「你們什麼都不是。沒有人馴養過你們，
你們也沒有馴養過任何人。你們就像我第一次見到的
狐狸一樣，他只是千千萬萬隻狐狸中的其中一隻。但
是我們成了朋友，所以他現在是世界上獨一無二的狐
狸了。」

　　這些玫瑰花十分困窘。

　　「你們很美麗，但是也很空虛。」小王子繼續說：
「沒有誰會為你們赴死。當然，一個普通的路人或許
會覺得我的玫瑰花跟你們長得一模一樣。可是，單單
她一朵花就比你們全部加起來更重要，因為是她我才
天天澆水，因為是她我才小心翼翼拿玻璃罩蓋住，因
為是她我才用屏風遮蔽強風，因為是她我才耐心除掉
她身上的毛毛蟲（只留下兩三隻好變成蝴蝶），因為

是她我才聽她發牢騷、聽她自吹自擂，甚至有時候一言不發。因為她是我的玫瑰。」

他回到狐狸身邊。

「再見。」小王子說。

「再見，」狐狸說：「我的祕密非常簡單：光用眼睛，看不見真正重要的東西。唯有用心，才能看得清楚透澈。」

「唯有用心，才能看得清楚透澈。」小王子重複了一次，這樣才能牢牢記在心裡。

「就是因為你在玫瑰身上花了這麼多時間，你的玫瑰才會變得如此重要。」

「就是因為你在玫瑰身上花了這麼多時間……」小王子又重複一遍，這樣才能牢牢記在心裡。

「人類早就忘記這個道理，」狐狸說：「可是，你絕不能忘記。你永遠都要對你馴養的一切負責。你要對你的玫瑰負責……」

「我要對我的玫瑰負責……」小王子又重複一遍，這樣才能牢牢記在心裡。

22

「你好。」小王子說。

「你好。」鐵路工人說。

「你在這裡做什麼？」小王子問。

「我把旅客分批，每千人一批。」鐵路工人說：「車廂載滿了人就出發，有的時候往右，有的時候往左。」

然後一列燈火通明的快車匆匆而過，雷鳴般地轟隆隆響，鐵道工人的房子都震動了起來。

「這些火車真忙呀，」小王子說：「他們在找什麼嗎？」

「連管火車頭的人也不知道。」鐵路工人說。

第二列燈火通明的快車往反方向風馳電掣而過。

　　「他們馬上就回來了？」小王子問。

　　「他們不是之前那批人。」鐵路工人說，「這是兩列對開的火車。」

　　「他們不滿意原先住的地方嗎？」

　　「人永遠都不會安於自己原先待著的地方。」鐵路工人說。

　　然後第三列燈火通明的快車又轟隆隆經過。

　　「他們在追第一批旅客嗎？」小王子問。

　　「他們並不是在追逐什麼。」鐵路工人說：「他們要不是睡著了，不然就是還沒睡著在打哈欠。只有孩子會把鼻子貼在車窗上往外看。」

　　「只有孩子知道他們在找的是什麼。」小王子說：「他們會花時間在一個布娃娃身上，而布娃娃對他們來說就會變成很重要的東西。如果誰搶了他們的布娃娃，他們會大哭……」

　　「他們真幸運。」鐵路工人說。

23

「你好。」小王子說。

「你好。」小販說道。

這是個專門賣一種止渴藥丸的小販。只要吞一粒，你一個星期都不會覺得口渴。

「為什麼你要賣這個東西？」小王子問。

「因為這些藥丸可以節省非常非常多的時間。」小販說：「專家已經計算過了，吃一顆藥丸，你每個星期能省下五十三分鐘。」

「那這五十三分鐘要做什麼？」

「愛怎麼用都可以……」

小王子喃喃自語說：「如果我有多出來的五十三分鐘，我會悠閒地漫步往泉水走去。」

24

　　這是飛機在沙漠失事以來的第八天。我聽著小販的故事，嚥下了我身上僅有的最後一滴水。

　　「啊！」我對小王子說：「你這些回憶真是迷人。可惜，我的飛機還沒修好。我沒有水可以喝了，如果我能夠悠閒地漫步往泉水走去，我一定會非常非常高興！」

　　小王子對我說：「我的朋友狐狸……」

　　「我的小人兒，狐狸發生什麼事現在都不重要了！」

　　「為什麼？」

「因為我們馬上就要渴死了。」

他沒有跟上我的想法，回答我說：

「就算快死了，曾經交過一個朋友也算好事啊！比如說我，我就因為跟狐狸交朋友而覺得很開心……」

「他沒想到這有多兇險。」我心想：「他沒有餓過渴過。只要一點點陽光，他就滿足了……」

他看著我，回答了我的心裡話：

「我也渴了……我們去找一口井吧……」

我擺出一副疲倦的模樣。在看不到盡頭的大沙漠上漫無目地找一口水井，實在太荒謬了。儘管如此，我們還是出發去找水井了。

我們用盡力氣靜靜地走了好幾個小時以後，天色漸暗，星星開始在天空中閃爍。我因為太渴開始有點發燒，我望著這些星星彷彿身在夢中。小王子最後說的那句話在我的腦海中迴盪。

「你也會覺得渴嗎？」我問他。

他並不回答我的問題，只是對我說：

「水對心靈也是很好的⋯⋯」

我不懂他這話是什麼意思，但我沒說什麼。我很明白問也沒有用。

他累了，就地坐下。我坐在他的身邊。一陣沉默過後，他開口：

「這些星星很美，是因為一朵看不見的花⋯⋯」

我回答：「嗯。」沒多說什麼，我默默看著月光下沙漠的皺褶。

「沙漠很美。」他又說。

確實如此。我一直很喜歡沙漠。坐在沙丘上，什麼都看不見，什麼都聽不見。但是一片寂靜當中，卻有什麼正在跳動、發光⋯⋯

「沙漠如此美麗，就是因為在某個角落裡藏著一口水井⋯⋯」

我很驚訝，突然明白沙漠裡為何會閃爍著謎樣的光芒。我小的時候曾經住在一個古老的房子裡，傳說房子裡埋著一個寶藏。當然，沒人知道該怎麼去找這

個寶藏，可能根本連找都沒人去找過。但是這讓整個房子產生了一股魅力。我家的房子在心底藏著一個祕密……

我對小王子說：「沒錯，無論房子、星星，還是沙漠，它們之所以動人都是因為它們擁有眼睛看不到的東西！」

「我真高興，你的想法跟我的狐狸一樣。」小王子說。

小王子睡著了，我抱起他又開始往前走。我很感動，彷彿我抱著的是一個易碎的珍寶。甚至在地球上沒什麼比他更脆弱的了。月光下我看著他蒼白的額頭、緊閉的雙眼、隨風飄動的髮絲，然後我心想：「我看到的不過是個外殼。光用眼睛，看不見真正重要的東西……」

他的嘴微微張開似笑非笑，我心裡又想：「熟睡的小王子之所以能讓我深深感動，是因為他對那朵花的一心一意，是因為那朵花像盞燈火照亮了他整個人，

即使在小王子睡著的時候也是如此……」我覺得他變得更脆弱了。我得保護他，彷彿他就是燭火，一陣風吹過就熄滅了……

　　就這麼走著走著，天空微微發亮的時候，我發現了一口水井。

25

「那些人擠進快車裡，卻不知道自己在尋找什麼。所以他們整日忙東忙西，忙得團團轉……」小王子說。

他又加了一句：

「不值得……」

我們終於找到的這口井，跟撒哈拉沙漠裡的那些井不一樣。撒哈拉沙漠裡的井不過是在沙漠中挖個洞。我們找到的井則是跟村莊裡的水井很像，但是這裡並沒有任何村莊，我以為自己在做夢。

「真不尋常，」我對小王子說：「打水用的滑輪、水桶、繩子……所有東西都準備好了……」

他笑了，拿起繩子，轉動滑輪。滑輪像個很久沒被風吹過的破舊風向儀一般，呻吟了起來。

「聽到了嗎？」小王子說：「我們喚醒了這口井，它開始唱歌了……」

我不想讓他因為打水而覺得疲累。

我對他說：「讓我來吧。這對你來說太重了。」

我緩慢拉起水桶，穩穩地放在井邊。耳邊滑輪的歌聲仍在迴響，我彷彿還看得到井裡水面上的波光粼粼。

「我渴望這口井的水。」小王子說：「讓我喝一些……」

我突然明白了他在尋找的是什麼！

我提起水桶放在他的嘴邊。他喝著水閉上了眼睛，好像這水像節慶一般美好。這水確實與普通的食物不同，它誕生自星夜下的長途跋涉，誕生自滑輪的歌聲中，誕生自我雙手的努力。它像一件禮物足以豐富心靈。當我還是個小男孩時，聖誕樹上的小燈泡、午夜

他笑了，拿起繩子，轉動滑輪。

彌撒的樂聲、眾人甜滋滋的微笑，正是因為這一切我的聖誕禮物才會那麼美好。

「地球上的人可以在一個花園裡種下五千朵玫瑰。」小王子說：「但是他們在那裡卻找不到自己尋求的東西……」

「他們找不到的。」我答道。

「可是他們尋找的東西其實是可以從一朵玫瑰花或一點水當中找到的……」

「的確。」我回答道。

小王子加了一句：

「用眼睛什麼也看不到。要用心靈去尋找才行。」

我喝下水，呼吸也變得輕盈。破曉的日光映照在沙漠上如蜜一般。這蜜色般的光彩讓我覺得快樂。但是為什麼這也讓我覺得悲傷……

小王子再次坐在我身邊，輕輕地對我說：「你應該實現你的諾言。」

「什麼諾言？」

「你知道……替我的羊畫一個嘴套……我得對我的花負責！」

於是我從口袋裡拿出圖畫的草稿。小王子一張張看過，笑著說：

「你把猴麵包樹畫得有點像高麗菜……」

「哦！」

我一直以自己畫的猴麵包樹為傲！

「你把狐狸的耳朵……畫得有點像角……而且太長了！」

他又笑了。

「這不公平啊，小王子。」我說：「我只會畫吃飽喝足的蟒蛇跟看得見肚子裡東西的蟒蛇。」

「哦！這就夠了。」他說：「孩子都會看懂的。」

我用鉛筆畫了個嘴套。當我拿給小王子的時候，心裡一陣撕扯：

「你有什麼計畫是我不知道的……」

他沒有回答我，只是對我說：

「你知道的，我降落在地球上……到明天就滿一年了……」

他沉默了一會兒，繼續說道：

「我當時就降落在附近……」

他臉紅了。

不知道為什麼，我心裡又是一陣悲傷。不過，我突然想起一個問題：

「一個星期以前你獨自一人在遠離人煙千里的地方行走，那天早上我遇到你應該不是偶然的吧？那時你是準備回到降落的地點去？」

小王子又臉紅了。

我有些猶豫地加了一句：

「或許是因為滿一年的緣故……？」

小王子還是臉紅了。他從來不回答問題，但是當人臉紅的時候，不就等於是默認了？

「啊！」我對他說：「我怕……」

但他卻答道：

「現在你該去工作了。你該回去修引擎了。我在這裡等你，明天晚上你再過來……」

但我不放心。我想起狐狸的話。如果被馴養了，可能會想哭……

26

　　水井的旁邊有一道破敗的舊石牆。隔天晚上我工作結束回來的時候，遠遠就看到小王子坐在石牆上，兩腿晃呀晃的。我聽見他在說話。

　　「你忘了？」他說：「不是這裡。」

　　應該有另一個聲音與他對答，因為小王子又說：

　　「不，不，時間沒錯，但不是在這裡……」

　　我繼續走向石牆，卻還是看不到人，也聽不見任何聲音。可是小王子又答道：

　　「……當然。你會在沙上看到我來時的足跡，在那裡等我吧。今晚我會去跟你會合。」

我走到離石牆二十公尺遠的地方，卻還是什麼也看不見。

　　小王子沉默了一陣，又開口說：

　　「你的毒液夠毒嗎？你確定我不會痛苦太久？」

　　我停下腳步，心彷彿被撕碎了一般。但我還是不懂到底發生了什麼事。

　　「你走吧。我要下來了！」小王子說。

　　我跟著垂下眼看向石牆底，嚇得我跳了起來。在我眼前，一條在三十秒內就可以置人於死地的黃蛇，正面對著小王子。我把手伸進口袋拿出手槍，跑了過去。可是一聽到我的腳步聲，那條蛇就像一道乾枯的水流，穿過石頭的縫隙，慢慢鑽進沙裡消失不見，一路上發出金屬碰撞般的叮咚聲響。

　　我到牆邊的時候，剛好接住這位小人兒。他的臉色如雪一般蒼白。

　　「這是怎麼回事？」我問：「你居然在跟蛇說話！」

「你走吧。我要下來了！」小王子說。

我鬆開他始終戴在身上的金色圍巾。我用水沾濕他的太陽穴，也給他喝了些水。我什麼問題也不敢問。他認真地看著我，伸出雙臂摟著我的頸項。他的心跳十分微弱，跟一隻被來福槍射中而瀕臨死亡的鳥一樣。

　　「你找到引擎出的問題在哪裡了，我很開心。」他說：「你馬上就可以回家了……」

　　「你怎麼知道！」

　　我就是來告訴他，在不抱任何期待的情況下，我成功修好引擎了。

　　他沒回答我的問題，只是接著說：

　　「我今天，也要回家了……」

　　然後，他難過地說：

　　「我回家的路太遠……也太艱難了……」

　　我相當明白，有些不對勁的事正要發生。我緊緊抱著他，好像他是個嬰兒。可是他好似正在迅速往深淵跌落，我想牢牢抓住他，卻是徒勞無功……

　　他的眼神非常非常認真，視線落在遠方。

「我有你畫給我的羊、羊住的箱子和嘴套⋯⋯」

他露出一個悲傷的微笑。

我等了很久，感覺到他身體漸漸暖和起來。

「我親愛的小人兒，你怕了⋯⋯」

毫無疑問，他懼怕了。但他淺淺地笑著說：

「今晚，我會比現在更加害怕⋯⋯」

又一次，我預感有什麼無法挽救的事情將要發生，全身彷彿落入冰窖一般。我一想到再也聽不到他的笑聲，就難過得不能自已。他的笑聲對我來說，就像沙漠中的清泉。

「小人兒，」我說：「我想再聽到你笑⋯⋯」

但他對我說：

「到今晚就剛好一整年了。我的星球會正好走到我去年降落地點的正上方⋯⋯」

「小人兒，」我說：「告訴我這只是一場噩夢。這條蛇、你和他的約定，還有星星，全都是噩夢吧？」

但是他並沒有答應我的要求，只是對我說：

「光用眼睛，看不見真正重要的東西……」

「我知道……」

「就像花。如果你愛上了一朵長在星星上的花，到晚上你只要望著天空就會覺得甜蜜。好像每顆星星上都開著花。」

「我知道……」

「就像水。因為那滾輪和那條繩子，你給我喝的水就像天籟……你記得嗎？……那水多麼香甜……」

「我知道……」

「到晚上，你會抬頭望著星星。我的星球太小了，所以我沒辦法指給你看我的星星在哪裡。其實這樣更好。在你眼裡我的星星就是這眾多星星裡的一顆。你會愛上望著天空裡的每一顆星星……這些星星都會是你的朋友。然後，我還要給你一件禮物……」

他又笑了。

「小王子，我親愛的小王子，我好愛你的笑聲！」

「這就是我的禮物，僅僅如此。就像我們喝下的

井水……」

「你想說什麼？」

「星星在不同的人眼裡代表的東西都不一樣。在旅行者眼裡，星星是嚮導。在其他人眼裡，星星不過是夜空中的小燈泡。在學者眼裡，星星是研究課題。在我碰到的那個商人眼裡，星星是財富。但是，所有的星星都是沉默的。你，只有你擁有這些星星的方式，是別人不曾有過的……」

「你想說什麼？」

「我住在其中一顆星星上，所以我也會在其中一顆星星上笑著。所以當你望著夜空的時候，在你眼裡就像所有星星都笑了起來……你，只有你擁有愛笑的星星！」

說著說著，他又笑了起來。

「然後，在你的傷痛和緩之後（人總能自行痊癒），你會因為曾經認識我而感到高興。你永遠都是我的朋友。你會想跟我一起笑。你也會不時打開窗戶，

尋找歡笑⋯⋯你的朋友可能會被你望著天空發笑的舉動嚇傻。到時候，你可以對他們說：『沒錯，星星總是讓我發笑！』他們會以為你瘋了。這就是我的破把戲⋯⋯」

他又笑了。

「彷彿我給你的不是星星，而是非常多非常多會笑的小鈴鐺⋯⋯」

他再一次笑了。不過他很快就一臉認真地說：

「今晚⋯⋯你知道的⋯⋯不要來。」小王子說。

「我不會離開你。」

「我的樣子會看起來很痛苦⋯⋯看起來會有點像快死了。就是這樣，別來看。這不值得⋯⋯」

「我不會離開你。」

可是他卻擔心。

「告訴你這些⋯⋯也是因為那條蛇。別被他咬了⋯⋯蛇是邪惡的生物，他會為了好玩咬人⋯⋯」

「我不會離開你。」

但有個想法讓他稍微放心：

「他咬的第二口就沒有毒液了……」

這天晚上，我沒看到他啟程。他一聲不響地從我身邊溜走了。當我追上他的時候，他毅然決然地快步向前走。他只對我說：

「啊，你來了……」

於是他牽著我的手，卻仍然在擔心：

「你不該來。你會難過的。我看起來會像死了，儘管這並非事實……」

我沉默不語。

「你懂的，路太遠了。我不能帶著這副身軀上路，太重了。」

我還是沉默不語。

「不過，這就像老樹皮脫落。你不必為老樹皮傷心。」

我依然沉默不語。

他有些挫折，但又繼續努力：

「你知道，一切都會變好的。我也會望著星星。每一顆星星都會是帶著生鏽滑輪的井。每一顆星星都會倒水給我喝……」

我仍舊沉默不語。

「這會變得多好玩啊！你擁有五億個鈴鐺，而我

擁有五億口水井……」

　　他也不再說話，因為他在哭泣……

　　「就是這裡。讓我獨自上路吧。」

　　因為恐懼，他坐了下來。然後又開口說：

　　「你知道……我的花……我要對她負責！她那麼

弱小！又那麼天真！她只有四根毫無用處的刺，在全世界面前用來保護自己⋯⋯」

我也坐下，因為再也站不住了。

「就這樣了⋯⋯」

他還有點猶豫，然後站了起來。他踏出一步，我卻動彈不得。

一道黃色的光芒閃過他的腳踝，在那一瞬間他絲毫不動。他沒有喊出聲，緩緩地像棵樹一樣倒下。他倒在沙地上，沒有發出一點聲響。

他倒在沙地上，沒有發出一點聲響。

27

六年過去了……我從未把這個故事告訴別人。夥伴們看到我活著回來，都十分高興。我卻覺得悲傷，不過只跟他們解釋道：「我累了……」

現在，我的悲傷稍稍和緩。也就是說……我還沒有完全康復。可是我知道他已經回到他的星球。因為他離去的那天清晨，我沒有找到他的身軀，顯然那並不是一副沉重的身軀……此後，我就愛上在夜晚傾聽星星，彷彿是五億個鈴鐺齊響……

但還有一件事不對勁。我畫了嘴套給小王子，卻

忘了畫繫繩！他永遠都無法替羊戴上嘴套。所以我一直在想：「小王子的星球上發生什麼事了？或許羊已經一口把花吃了……」

有時候我會對自己說：「一定不會發生這種事的！小王子每天晚上都會用玻璃罩蓋住他的花，而且他會小心看好他的羊……」想到這裡，我又高興了起來，而所有的星星都在溫柔地笑著。

但是有的時候，我又會對自己說：「難免會有疏忽的時候，一旦發生就糟糕了！要是某個晚上他忘記蓋玻璃罩，或是那頭羊偷偷溜出來……」想到這裡，所有小鈴鐺都變成淚滴了……

於是，這成了一個巨大的謎團。對喜歡小王子的人，還有我來說，如果在我們不知道的地方，那隻我們看不見的羊吃了一朵玫瑰花，或是沒吃玫瑰花，整個宇宙的樣貌就會全然改變。

看看天空，問問你自己：羊到底吃了花還是沒吃？

然後你會看到這個世界變了樣……

　　大人永遠不會明白這個問題有多麼重要！

對我來說，這是世界上最美麗也最傷人的地方。跟前面幾頁畫的是同一個地方，我再次畫出來，是為了讓你牢牢記住。小王子就是在這裡，降臨到地球上，也是在這裡消失無蹤。

　　看仔細了。有一天你到非洲沙漠旅行的時候，才能準確地認出這個地方。如果你恰巧經過這個地方，請不要匆匆走過，在那顆星星的正下方等一段時間。要是有個小人兒笑著向你走來，並且擁有一頭金髮，他還不願意回答你的問題，你就知道他是誰了。請幫我一個忙，別讓我再次後悔。請盡快寫信告訴我，他回來了……

小王子
Le Petit Prince

作　　　者	安東尼・聖修伯里 (Antoine de Saint-Exupéry)		初 版 一 刷	2014年12月
譯　　　者	墨丸		初版85刷(1)	2024年5月
封 面 設 計	莊謹銘		定　　　價	台幣250元
校　　　對	林秋芬			
版 面 構 成	張凱揚		ISBN　978-986-5671-29-7	
行 銷 企 劃	蕭浩仰、江紫涓		有著作權・侵害必究	
行 銷 統 籌	駱漢琦		本書如有缺頁、破損、裝訂錯誤，請寄回本公司更換。	
業 務 發 行	邱紹溢			
營 運 顧 問	郭其彬		國家圖書館出版品預行編目 (CIP) 資料	
責 任 編 輯	劉文琪			
總 編 輯	李亞南			

出　　　版　漫遊者文化事業股份有限公司
地　　　址　台北市103大同區重慶北路二段88號2樓之6
電　　　話　(02) 2715-2022
傳　　　真　(02) 2715-2021
服 務 信 箱　service@azothbooks.com
網 路 書 店　www.azothbooks.com
臉　　　書　www.facebook.com/azothbooks.read
發　　　行　大雁出版基地
地　　　址　新北市231新店區北新路三段207-3號5樓
電　　　話　(02) 8913-1005
訂 單 傳 真　(02) 8913-1056

小王子 / 安東尼. 聖修伯里(Antoine de Saint-Exupéry)
著 ; 墨丸譯. -- 初版. -- 臺北市 : 漫遊者文化出版 : 大雁
出版基地發行, 2014.12
　　面 ; 公分
譯自 : Le petit prince
ISBN 978-986-5671-29-7(精裝)
876.59　　　　　　　　　　　　　　103026597

漫遊，一種新的路上觀察學
www.azothbooks.com
　漫遊者文化

大人的素養課，通往自由學習之路
www.ontheroad.today
遍路文化・線上課程

《小王子》有聲書
由喜歡說故事的童書閱讀推廣者
—張淑瓊—朗讀